La Bella y la Bestia

**Traducción al español
por
Myriam E. Estany**

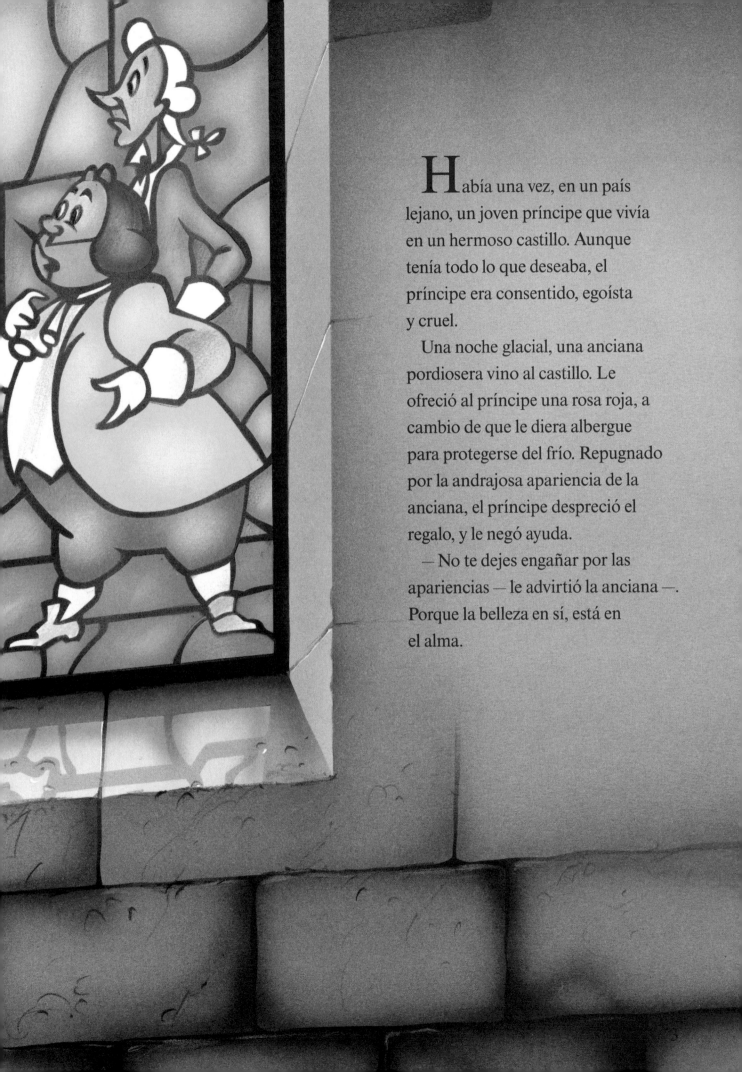

Había una vez, en un país
lejano, un joven príncipe que vivía
en un hermoso castillo. Aunque
tenía todo lo que deseaba, el
príncipe era consentido, egoísta
y cruel.

Una noche glacial, una anciana
pordiosera vino al castillo. Le
ofreció al príncipe una rosa roja, a
cambio de que le diera albergue
para protegerse del frío. Repugnado
por la andrajosa apariencia de la
anciana, el príncipe despreció el
regalo, y le negó ayuda.

— No te dejes engañar por las
apariencias — le advirtió la anciana —.
Porque la belleza en sí, está en
el alma.

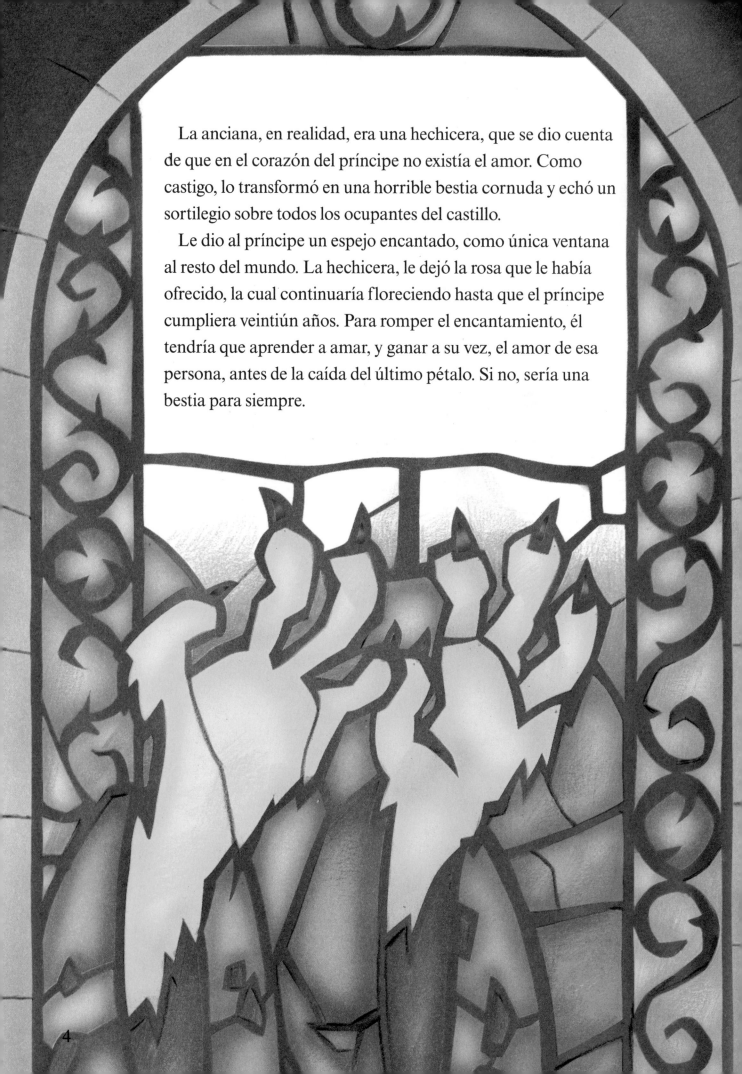

La anciana, en realidad, era una hechicera, que se dio cuenta de que en el corazón del príncipe no existía el amor. Como castigo, lo transformó en una horrible bestia cornuda y echó un sortilegio sobre todos los ocupantes del castillo.

Le dio al príncipe un espejo encantado, como única ventana al resto del mundo. La hechicera, le dejó la rosa que le había ofrecido, la cual continuaría floreciendo hasta que el príncipe cumpliera veintiún años. Para romper el encantamiento, él tendría que aprender a amar, y ganar a su vez, el amor de esa persona, antes de la caída del último pétalo. Si no, sería una bestia para siempre.

No muy lejos del castillo, había una pequeña aldea francesa. Allí vivía una hermosa muchacha llamada Belle, a quien le encantaba leer acerca de lugares lejanos, intrépidos duelos, magia y príncipes encantados. Los aldeanos se reían de ella, porque siempre tenía la nariz metida en un libro, aunque en verdad, la apreciaban. ¡Belle era tan distinta a ellos!

6

8

Una clara mañana de otoño, Belle cruzaba la plaza central. Estaba muy entretenida con su libro para prestarle atención al guapo y vanidoso Gastón, a quien todas las otras muchachas del pueblo admiraban.

Pero Gastón tenía ojos sólo para Belle. — Esa es la muchacha con quien yo me voy a casar — juró —. Es la única que es digna de mí.

En ese momento, retumbó una explosión en casa de Belle. — ¡Papa! — exclamó Belle, corriendo hacia su casa.

La casa estaba llena de humo, pero Belle se tranquilizó cuando vio que su Papá, Maurice, todavía estaba en una sola pieza.

—¿Qué pasó, Papá? —preguntó, contemplando las ruinas de su última invención.

—¡Nunca voy a poder hacer que este trasto funcione! —exclamó Maurice, decepcionado, dándole al aparato un puntapié.

—¡Sí, vas a poder, Papá! —le dijo Belle.

La invención consistía de una butaca vieja, montada en ruedas, y pegada a un motor inmenso. Un laberinto de tuberías, pitos, campanas, cuerdas y poleas le salían por detrás. Inspirado por el voto de confianza de Belle, Maurice agarró una de las herramientas y empezó a trabajar otra vez.

Esa tarde, cuando Maurice salió en camino con su invención, Belle le dijo — ¡Te vas a ganar el primer premio en la exposición!

El paciente caballo, Philippe, cargaba a Maurice y halaba la pesada carreta tras de ellos. Una fría neblina pronto envolvió a los viajeros.

Horas después, todavía estaban en camino. El distraído Mauricio, sacó su mapa y exclamó, — ¡Este mapa está impreso al revés! Nunca llegaremos. Vamos, Philippe, tomemos este atajo por el bosque.

En la oscuridad, Philippe relinchaba nervioso. Alrededor de ellos, la niebla empezó a levantarse y una nube de murciélagos les volaron por encima. Rondaban los lobos. Maurice los oyó y miró hacia atrás, con miedo. Philippe, alarmado, se encabritó y se lanzó a correr.

— ¡So, Philippe, so! — gritó Maurice, cuando el caballo, aterrorizado, casi los hizo caerse por un barranco. Se oyó un aullido y a Philippe se le pusieron los pelos de punta. Salió corriendo despavorido, y tiró al pobre Maurice.

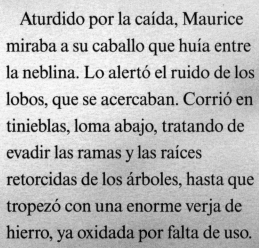

Aturdido por la caída, Maurice
miraba a su caballo que huía entre
la neblina. Lo alertó el ruido de los
lobos, que se acercaban. Corrió en
tinieblas, loma abajo, tratando de
evadir las ramas y las raíces
retorcidas de los árboles, hasta que
tropezó con una enorme verja de
hierro, ya oxidada por falta de uso.

Desesperado, abrió la verja de un
tirón, y cayó adentro, cerrando la
reja de un golpe antes de que los
lobos se le echaran encima.

Sin aliento, Maurice cruzó
el jardín abandonado de un
imponente castillo y se acercó a la
puerta. Cuando nadie respondió,
entró con cautela.

—¿Hola? —llamó, y resonó el eco
dentro de la inmensa cámara.

—¡Ni una palabra! —dijo bajito el
reloj de mesa al candelabro dorado.

—¡Ay! Cogsworth...ten piedad.
—contestó el candelabro. Y con la
misma, dijo —¡Bienvenido, señor!

Maurice se asombró al oír al
candelabro hablando.

Maurice se dejó caer en una silla, mientras Cogsworth nerviosamente, echaba una mirada alrededor buscando a su amo. Nunca se permitían huéspedes en el castillo. Al momento, llegó el carrito del té con la Señora Potts, la tetera, y su hijo, Chip.

Súbitamente, una gigantesca figura entró en la sala y se acercó, amenazante, a Maurice.

— ¡Un desconocido! — rugió una voz salvaje. La Bestia agarró al aterrorizado inventor y lo llevó al calabozo.

En la aldea, Belle estaba esperando a que su padre regresara, cuando alguien tocó a la puerta. Era el cazador, Gastón, elegantemente vestido.

—¡Adelante! —dijo Belle, de mala gana. Ella no tenía la menor idea, de que afuera, se había congregado una multitud para ver a Gastón pedirle la mano en matrimonio, y asistir a la boda que seguiría inmediatamente.

—¡Dí que te casarás conmigo! —le exigió Gastón.

Belle se apoyó contra la puerta mientras Gastón se le acercaba.
— Lo siento mucho, Gastón — balbuceó Belle,— pero...pero...yo...
¡Yo no te merezco! Gracias...por pensar en mí.

Por fin, Belle encontró el pomo de la puerta y la abrió de
repente, causando que Gastón cayera hacia afuera, dando a
parar en el medio de un charco de fango, al tiempo que su amigo
Lefou y la banda empezaban a tocar la música.

Gastón se levantó. — Se está haciendo la desinteresada —
le dijo a los espectadores y se marchó enfurecido.

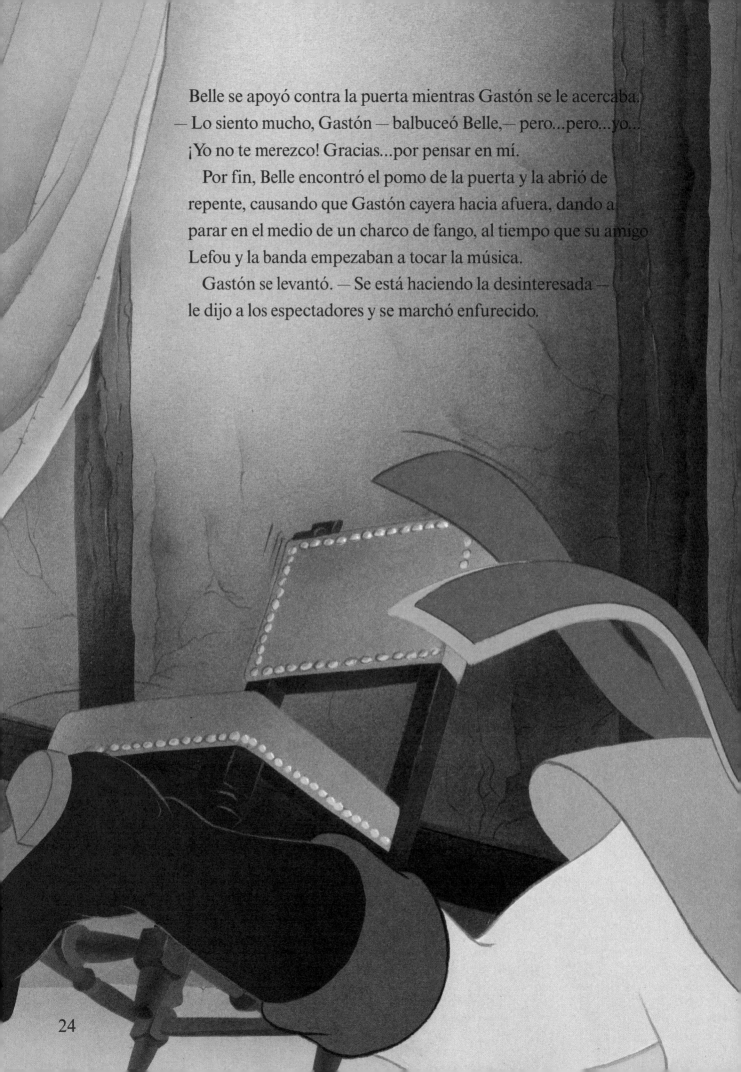

Despúes de que el grupo se había dispersado, Belle fue al patio a darle de comer a las gallinas. Escuchando un relincho familiar, se volvió para saludar a su padre. ¡Con asombro, vió que Philippe había regresado sólo!

—¡Phillipe! —exclamó—.
¿Dónde está Papá?

El caballó, resopló y
relinchó, inquieto.

—¿Qué pasó? —preguntó
Belle, aterrorizada—. ¡Ay,
tienes que llevarme a buscarlo!

Belle se recogió la falda y
subió al lomo del cansado
animal, quien, con valentía,
salió de nuevo rumbo a el
bosque oscuro.

Caballo y jinete viajaron entre los sombríos árboles. Cuando se acercaron a la encrucijada, Philippe aminoró la marcha.

— ¿Adónde ahora, Philippe? — preguntó Belle —. Contra su voluntad, Philippe cogió loma abajo, por el neblinoso bosque donde había dejado a Maurice. En poco tiempo, llegaron a la verja del imponente castillo. — ¿Qué lugar es éste? — preguntó Belle, asombrada.

Temerosa, Belle entró en el silencioso castillo.

—¿Papá? —llamó—. ¿Estás aquí? Soy yo, Belle.

Asombrados, Cogsworth, Lumière y la Señora Potts, la siguieron sin hacer
ruido, por los corredores.

—¿No se dan cuenta? —dijo bajito Lumière, a Cogsworth y la Señora Potts—.
Ella es la que hemos estado esperando. ¡Es la que puede romper el encantamiento!

Al fin, Belle encontró a Maurice en un retirado calabozo. —¡Ay, papá!
—exclamó—. ¡Tienes las manos heladas! Tenemos que sacarte de aquí.

De repente, Belle se sintió en peligro. Volteó, y vio una figura imponente en la oscuridad.

— Yo soy el dueño de este castillo — bramó la Bestia.

— ¡Por favor! — dijo ella —. Deja ir a mi padre. Está muy enfermo.

— No debía de haber traspasado mi propiedad — respondió la Bestia.

— ¡Entonces, déjame a mí en su lugar! — pidió Belle.

La Bestia salió de la oscuridad, y cuando Belle lo vio, quedó pasmada de horror.

—Tienes que prometer que te quedarás aquí, para siempre —dijo la Bestia.

—Te doy mi palabra —le contestó Belle con seguridad, a pesar del miedo que sentía.

—¡No, Belle, no! —gritó Maurice—. ¡No sabes lo que estás haciendo! Pero la Bestia sacó a Maurice del calabozo y lo arrastró hasta el patio.

—¡Llévalo a la aldea! —le dijo la Bestia al palanquín, que salió troteando con Maurice de pasajero. Belle los vio desde la ventana, llorando, porque no había podido despedirse de su padre.

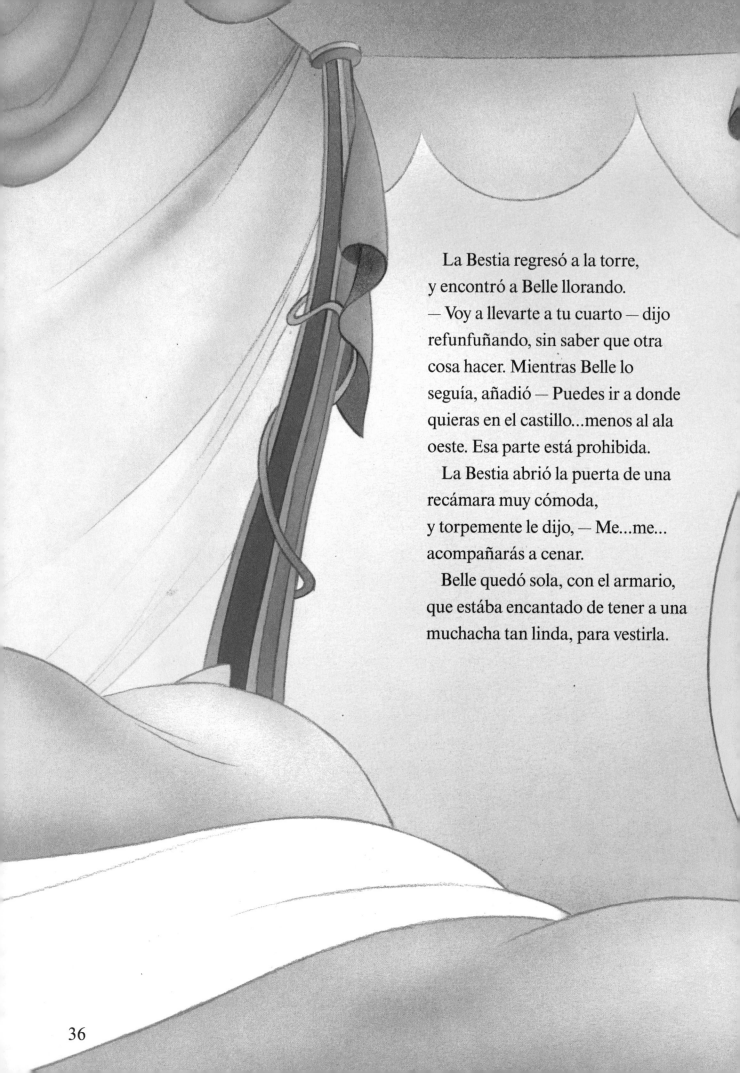

La Bestia regresó a la torre,
y encontró a Belle llorando.
— Voy a llevarte a tu cuarto — dijo
refunfuñando, sin saber que otra
cosa hacer. Mientras Belle lo
seguía, añadió — Puedes ir a donde
quieras en el castillo...menos al ala
oeste. Esa parte está prohibida.

La Bestia abrió la puerta de una
recámara muy cómoda,
y torpemente le dijo, — Me...me...
acompañarás a cenar.

Belle quedó sola, con el armario,
que estába encantado de tener a una
muchacha tan linda, para vestirla.

— Bien, bien — dijo el armario
alegremente —. ¿Cuál vestido te
pondrémos para la cena? — Y abrió
sus puertas de par en par.

— Eres muy amable — dijo Belle,
mirándose en el espejo de
la puerta —. Pero, yo no voy a ir
a cenar.

— ¡Oh, pero tienes que ir!
— contestó el armario afligido, al
mismo momento que entraba
Cogsworth.

— ¡La cena esta servida!
— anunció con importancia.

Abajo, en el comedor, la Bestia irritada, tamborileaba con los dedos sobre la mesa, mientras sus sirvientes le aconsejaban que tuviera paciencia con su huésped.

— Mi Señor — dijo Lumière — ¿no cree, que quizás, esta muchacha es la que podrá romper el encantamiento? Usted se enamora de ella...ella se enamora de usted, y ¡paf! Se rompe el encantamiento, y ya...para la medianoche, todos somos humanos otra vez.

— No es tan fácil, Lumière — dijo la Señora Potts —. Estas cosas toman tiempo.

— Es inútil — dijo la Bestia —. ¡Pero si no cena conmigo, se queda sin cenar!

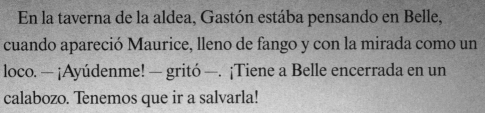

En la taverna de la aldea, Gastón estába pensando en Belle, cuando apareció Maurice, lleno de fango y con la mirada como un loco. —¡Ayúdenme! —gritó—. ¡Tiene a Belle encerrada en un calabozo. Tenemos que ir a salvarla!

—Más despacio, Maurice —exclamó Gastón—. ¿Quién tiene a Belle en un calabozo?

—¡Una bestia! —gimió Maurice—. ¡Una bestia horrible y monstruosa!

Todos rieron a carcajadas, convencidos de que el viejo inventor estaba loco. Mientras dos de los camaradas de Gastón estaban listos para echar a Maurice por la puerta, a Gastón se le ocurrió algo.

Llamando a Lefou a un lado, le dijo —Tengo una buena idea.

Más tarde esa noche, a Belle le dio mucha hambre. Se fue a la cocina, y allí escuchó a la estufa dándole quejas a la Señora Potts:

— Trabajo como esclava todo el día, y ¿para què? ¡Una obra de arte culinaria, desperdiciada!

Belle miró con curiosidad a la estufa, que al verla, quedó callada.

— Yo tengo un poquito de hambre — le dijo Belle a la Señora Potts.

— ¿De veras? — le preguntó la Señora Potts, contenta —. ¡Enciendan el fuego!
— mandó a Cogsworth y Lumière —. ¡Saquen la vajilla de plata! ¡Despierten
a la porcelana!

— Recuerden lo que dijo el amo acerca de darle de comer — les
advirtió Cogsworth.

Pero la Señora Potts no le prestó atención.

— Por aquí, señorita — dijo Lumière, guiándola hasta el comedor —. ¡Bienvenida!

Y con eso, los corchos de las botellas saltaron de gozo, y la loza empezó a cantar y bailar de gusto, con Lumière a la batuta. Los plumeros formaron un coro, que inspiró hasta al farfullador de Cogsworth.

Fue un maravilloso espectáculo de cabaret, presentado para la primer huésped en el castillo, en diez años. La Señora Potts rebosaba de alegría. Las bandejas, traían un delicioso plato trás de otro.

Cuando acabó el banquete, Belle se puso de pie y aplaudió: ¡Bravo! ¡Estupendo! — proclamó aplaudiendo —. Ahora, me gustaría dar una vuelta por el castillo, si les parece bien.

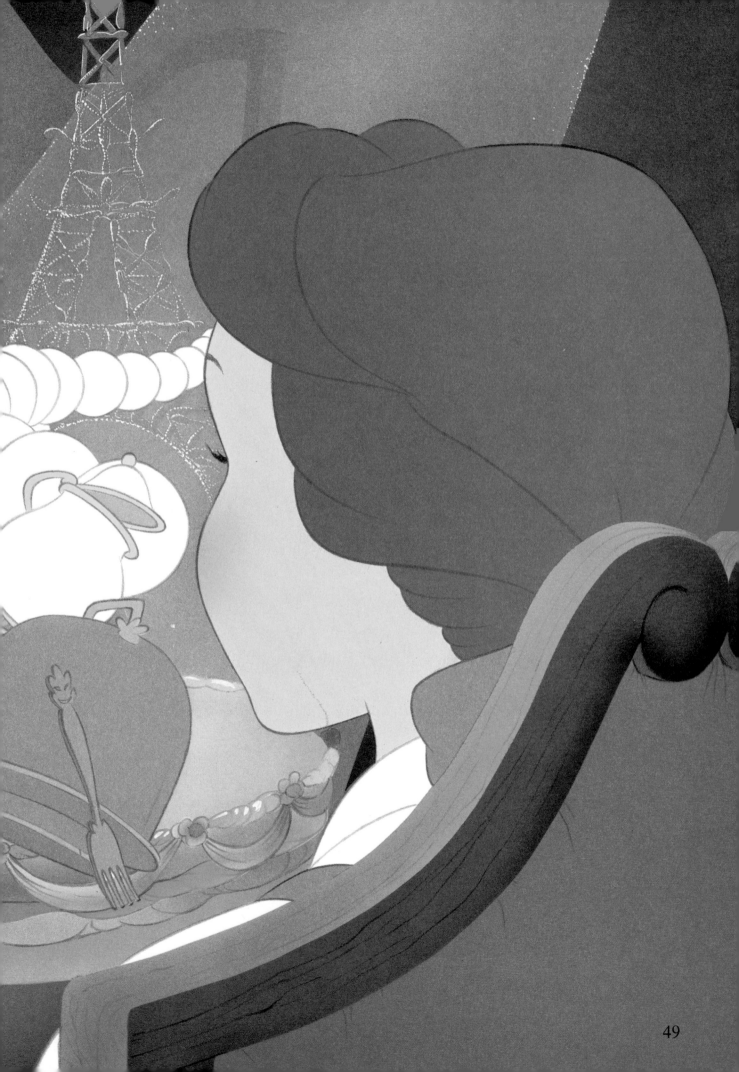

A Belle le habían advertido, que no podía ir al ala oeste.
Más, cuando los otros no estaban prestando atención,
corrió escaleras arriba y entró en la guarida de la Bestia.
La sucia habitación estaba llena de muebles rotos,
espejos quebrados, ropas desgarradas, y huesos roídos.
La única cosa hermosa y viva, era la rosa encantada, que
resplandecía adentro de su campana de cristal. ¡Cuando
Belle fue a tocarla, la Bestia entró al cuarto de un salto!
— ¿Por qué has venido? — rugió —. ¡Sal de aquí!

Aterrorizada, Belle salió corriendo por la escalera. Ya afuera, se
apuró hasta el establo, a buscar a Philippe. Los dos se escaparon del
castillo hacia la helada noche.

54

De repente, Philippe resopló alarmado, y Belle vio un par de crueles ojos amarillos que relumbraban en la oscuridad. ¡Eran lobos! Philippe corrió a rienda suelta. Las ramas los rasguñaban en la carrera por el bosque, y los lobos les seguían cerca. Un lobo mordió a Philippe, y éste se encabritó. Belle se cayó del caballo y a Philippe se le enredaron las riendas en una rama.

Belle agarró una rama para defender a Philippe. Ya
estaba rodeada por los lobos, cuando una enorme zarpa
agarró a uno.

¡Era La Bestia! Luchó contra los lobos, tirándolos a
todos lados. El bosque resonaba con los rugidos de la pelea.

Los lobos no podían contra la
furia de la Bestia. Uno de ellos, le
mordió el brazo antes de que un
zarpazo lo mandara volando por
el aire. El lobo dio contra un árbol
y quedó inmóvil. El resto de la
manada se dio a la fuga.

La Bestia tambaleó y cayó
desmayada. Belle sabía que podía
escaparse, sin embargo, al ver a la
Bestia tan herida, se quedó
para ayudarle.

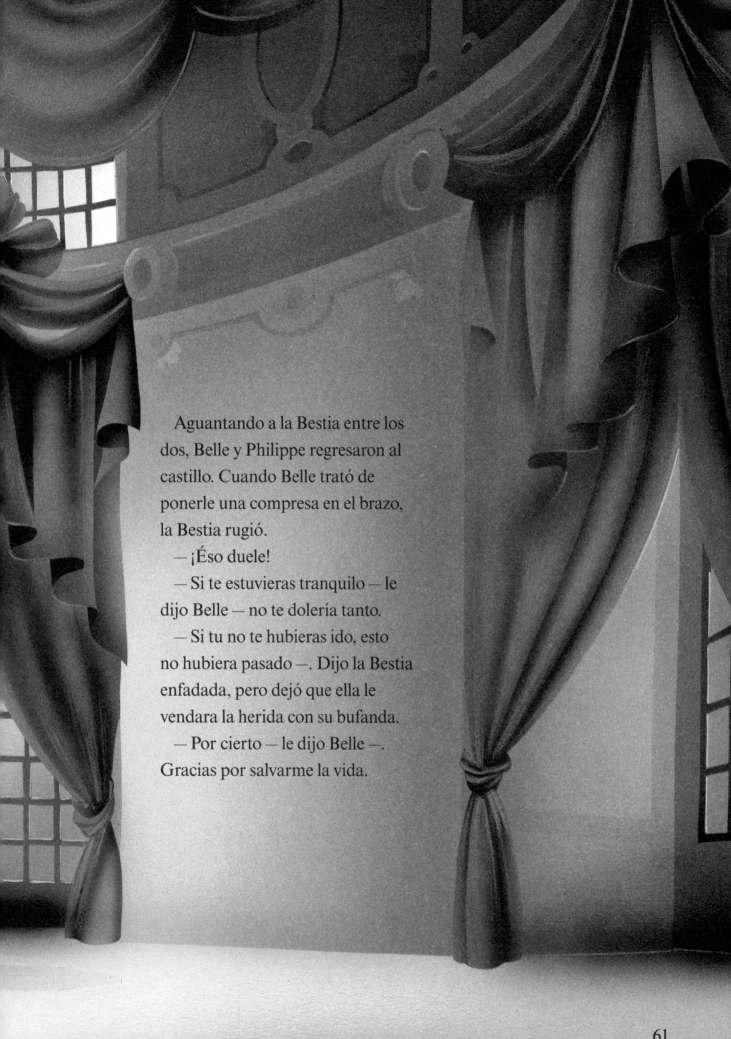

Aguantando a la Bestia entre los dos, Belle y Philippe regresaron al castillo. Cuando Belle trató de ponerle una compresa en el brazo, la Bestia rugió.

—¡Éso duele!

—Si te estuvieras tranquilo —le dijo Belle— no te dolería tanto.

—Si tu no te hubieras ido, esto no hubiera pasado —. Dijo la Bestia enfadada, pero dejó que ella le vendara la herida con su bufanda.

—Por cierto —le dijo Belle—. Gracias por salvarme la vida.

Después de ese incidente, todos en el castillo estaban contentísimos, de ver la amistad que brotaba entre Belle y la Bestia. Primero, le enseñó todos los libros en la biblioteca: — Son tuyos — le dijo —.

Al día siguiente, Belle y la Bestia cenaron juntos. La Bestia se sentó en una silla, y con torpeza, trató de comer con una cuchara.

Más tarde, Belle le leyó a la Bestia la historia del Rey Arturo y de la Reina Guinevere. La romántica historia, hizo llorar a Lumière. Hasta Cogsworth se secó una lágrima, antes de mandar a todos a hacer los quehaceres.

Poco después, la Bestia, con timidez, llevó a Belle al salón, donde bailaron al son de una bella canción de amor. Luego, salieron a la terraza.

La Bestia le preguntó, — Belle, ¿eres feliz aquí...conmigo?

— Si pudiera ver a mi papá otra vez, aunque fuera por un momento — contestó Belle.

— Es posible — dijo la Bestia, y trajo el espejo encantado.

Cuando miraron en el espejo, se sorprendieron de ver a Maurice perdido en el bosque y temblando de frío, mientras buscaba a Belle.

— ¡Papá! — gritó Belle —. ¡Oh, no, está enfermo y sólo!

— Tienes que ir a ayudarlo — dijo la Bestia. Y dándole el Espejo, sugirió — Llévalo contigo, para que puedas mirar en él...y acordarte de mí.

—Gracias por comprender lo mucho que me necesita mi padre —dijo Belle, tocando la garra de la Bestia. Enseguida, corrió al patio, se subió al caballo y salió galopando, mientras la Bestia la miraba desde el balcón.

Cuando la Bestia entró, le dijo con tristeza a Cogsworth,
—La dejé irse.

—¿La dejaste que...qué? — gritó Cogsworth —.
¿Cómo has podido hacer eso?

—Tuve que hacerlo.

—¿Por qué? — preguntó Cogsworth, a punto de llorar.

—Porque la amo — suspiró la Bestia.

Con la ayuda del espejo, Belle
encontró a Maurice, y lo trajo a
casa. Estába delirante, a causa de la
fiebre y se veía muy enfermo.

Cuando Maurice empezó a
recuperarse, casi no podía creer
que la Bestia había dejado irse a
Belle. —¿Esa Bestia horrible? — le
preguntó asombrado.

— Pero, él no es el mismo, Papá
— dijo Belle, con una voz suave —.
No sé como, pero ha cambiado tanto.

En ese momento, alguien tocó a
la puerta.

Belle abrió la puerta y encontró a un desconocido, parado al frente de todos los aldeanos, y una camioneta con las palabras Asilo de Locos. El señor D'Arque, director del manicomio le dijo, — He venido a recoger a tu padre.

— ¡Mi padre no está loco! — dijo Belle enojada.

— Ha estado hablando disparates acerca de una bestia enorme! — dijo Lefou. El sabía que Gastón tenía intenciones de encerrar a Maurice en el manicomio, a no ser que Belle consintiera a casarse con él.

Belle entró corriendo a la casa y regresó con el espejo.
— ¡Muéstrame a la Bestia! — le pidió al espejo.

Cuando los aldeanos vieron a la Bestia en el Espejo, empezaron a gritar. El señor D'Arque huyó en su camioneta a toda velocidad. Gastón le quitó el espejo a Belle. Furioso de que su plan había fallado, le dijo a los aldeanos, — ¡La Bestia les llevará a sus hijos! ¡Vendrá de noche por ellos! ¡Vamos a matar la Bestia!

La gente aplaudió.

— ¡No te dejaré hacer éso! — gritó Belle.

Pero Gastón la encerró a ella y a Maurice en el sótano, mientras los aldeanos buscaban armas y antorchas.

Guiado por el espejo, Gastón
llevó a la multitud rumbo al bosque.
En el camino, cortaron un árbol
para usarlo como brigola.
Cogsworth, Lumière y la Señora
Potts los vieron desde la ventana.

— ¡Que barbaridad! — gritó
Lumière —. ¡Invasores!

— ¡Avísale al amo! — gritó
Cogsworth —. Estaremos listos
cuando lleguen. ¿Quién
viene conmigo?

Los demás ya se habían ido a
dar el aviso al resto de la casa, y a
preparase para defender el castillo.

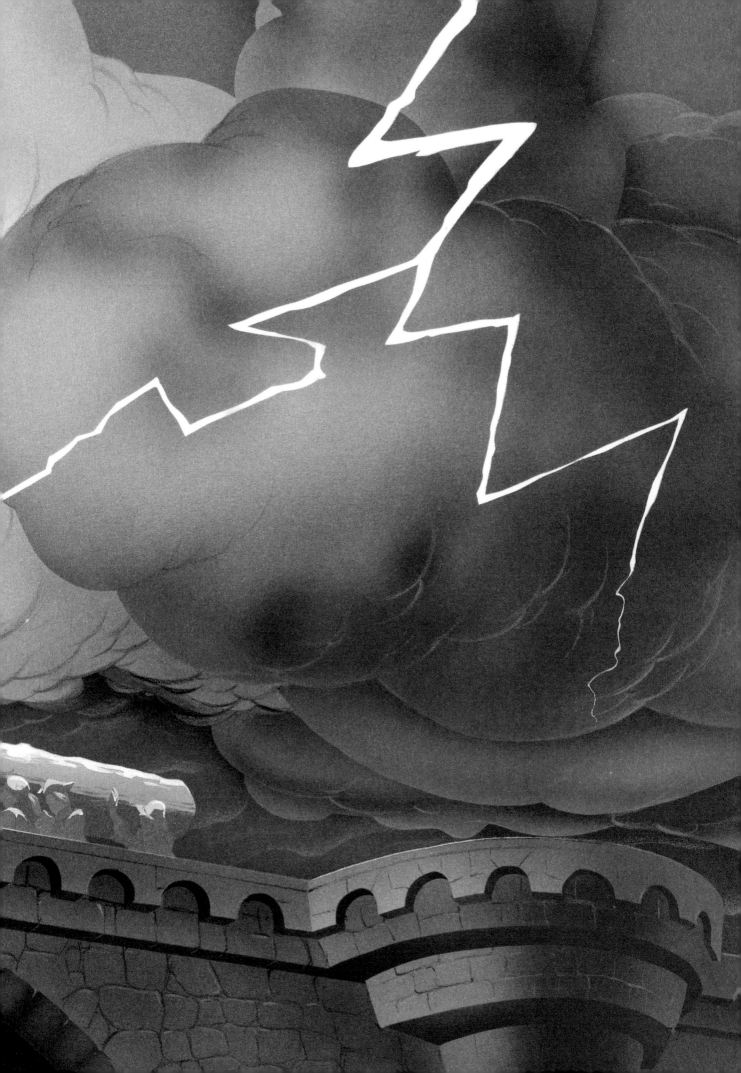

El golpe de la brigola abrió la puerta, y los aldeanos entraron al castillo. Al principio, todo estaba en silencio. Pero después, fueron atacados por una multitud de objetos enfurecidos: cántaros, cucharones, ollas y baldes, todos dispuestos para la batalla.

En el segundo piso, la Bestia, apática y triste, estaba sentada en el cuarto de Belle. — Déjame en paz — le dijo a la Señora Potts, cuando vino a avisarle. La luz de un rayo partió el cielo y retumbó el trueno, a la par que los aldeanos y los defensores del castillo se entregaban a la batalla. Pero la Bestia permanecía indiferente.

Mientras la batalla rugía en la planta baja, Gastón recorría los pasillos en busca de la Bestia. Al fin, el cazador encontró a la Bestia en su guarida. Cuando se enfrentaron, ni Gastón ni la Bestia sabían que Belle y Maurice galopaban hacia el castillo. Chip se había escondido en la alforja antes de que Belle regresara a la aldea. Cuando ella y Maurice estaban encerrados en el sótano, Chip usó el invento de Maurice para quebrar la puerta y dejarlos salir.

Cuando Belle llegó, vio que Gastón había forzado a la Bestia hasta el balcón. Miraba horrorizada, como Gastón le daba garrotazos a la Bestia, que rehusaba defenderse, haciéndola retroceder hasta la misma orilla del inclinado techo.

—¡NO! — gritó Belle. Enseguida, entró al castillo con Philippe y subieron la escalera.

Al escuchar la voz de Belle, la Bestia salió de su estupor y empezó a luchar contra su enemigo. Cuando Belle llegó a la guarida, la Bestia agarró a Gastón por la garganta. — ¡Suéltame! — suplicó Gastón —. ¡Haré cualquier cosa que me pidas!

La Bestia luchó con su conciencia, pero había perdido el instinto de matar. Rugiendo, echó a Gastón a un lado y fue junto a Belle.

Cuando Belle y la Bestia se
abrazaron, Gastón sacó un
cuchillo de su bota, y le dio una
puñalada a la Bestia en la espalda.
Con un grito de dolor, la Bestia
se volvió contra su atacador.
Aterrorizado, Gastón dio un
paso atrás.

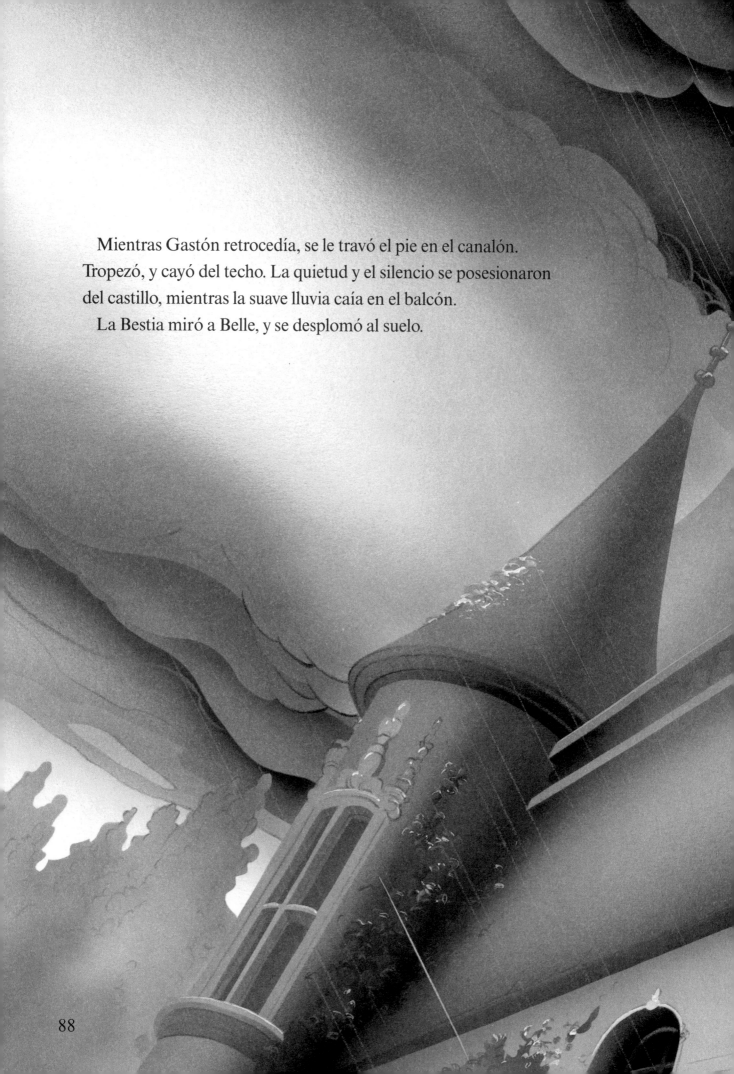

Mientras Gastón retrocedía, se le travó el pie en el canalón. Tropezó, y cayó del techo. La quietud y el silencio se posesionaron del castillo, mientras la suave lluvia caía en el balcón.

La Bestia miró a Belle, y se desplomó al suelo.

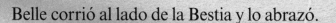

Belle corrió al lado de la Bestia y lo abrazó.

— Regresaste — dijo, con una débil sonrisa —. Por lo menos, llégue á verte por última vez.

Aguantando las lágrimas, Belle dijo, angustiada,

— ¡No hables asi! Pronto estarás bien.

En la guarida de la Bestia, la Rosa estaba a punto de dejar caer su último pétalo.

— Tal vez...es mejor así — dijo la Bestia.

— ¡No! — dijo Belle, llorando. Se inclinó para besarlo, y murmuró,

— Yo te amo.

Mientras Belle lloraba, cayó el último pétalo. De repente, la lluvia empezó a brillar. Belle levantó la vista y vio que todo resplandecía, como por arte de magia.

La Bestia abrió los ojos. ¡Las garras se le habían transformado en manos humanas! Se tocó la cara, y la encontró lisa y suave. ¡Se había roto el encantamiento! La rosa marchita, florecía una vez más.

— Belle...soy yo — dijo el Príncipe.

Mientras Cogsworth, Lumière y la Señora Potts los miraban, llenos de alegría, la magia también los envolvió a ellos. Cogsworth se convirtió en un exigente mayordomo con bigote, bajito y gordito. Lumière creció hasta convertirse en un buen mozo y afable jefe de camareros. La Señora Potts volvió a ser la sonriente y cariñosa, cocinera de antaño. Y Belle, contemplaba feliz al hermoso Príncipe, a quien su amor había transformado.

Uno por uno, los habitantes del castillo, fueron
recobrando su forma humana. Se abrazaban unos con
otros con lágrimas de alegría, y el mágico momento
transportó a Belle y al Príncipe al salón de baile. Allí,
empezaron a bailar.

Más tarde, se asomaron al balcón, mientras la luz
matinal dispersaba la niebla que había envuelto al
castillo por tanto tiempo. El sol resplandeció sobre la
hermosa Belle y su apuesto Príncipe. ¡Una vez más,
el amor había triunfado!

ISBN 1-57082-054-6
10 9 8 7 6 5 4 3 2 1